# 유비쿼터스
# 시(詩)선집

이정완 지음

Ubiquitous

# 유비쿼터스 시(詩)선집

Poems

이 시선집은 시(詩)를 사랑하는 분들에게 유비쿼터스 시(詩) 세계의
문을 열고, 우리의 과거와 현재, 미래를 연결하며, 디지털 기술의 발
전으로 시(詩)를 더욱 쉽게 접할 수 있는 창구가 되기를 바라는 마음
으로 구성하였습니다.
_프롤로그 중에서

좋은땅

‖ 목차 ‖

# 제2부. 유비쿼터스 기술과의 낯선 소통

# 제3부. 유비쿼터스 기술과의 행복한 동행

# 프롤로그


　끊임없이 발전하고 혁신하는 디지털 시대, 우리는 모든 것이 네트워크로 연결되고 상호 작용하는 유비쿼터스 시대를 살아가고 있습니다. 인간과 기술이 점차 융합되며 새로운 세상을 만들어 가고 있습니다. 이렇게 변화하는 세상에서도 한 가지 변하지 않은 것이 있습니다. 바로 우리의 감성과 정서를 품고 있는 시(詩)입니다. 시(詩)는 시대를 초월하여 우리에게 깊은 감동과 영감을 선사합니다. 디지털 시대에도 시(詩)는 그 역할을 잊지 않고, 새로운 방식으로 우리 곁에 다가와 울릴 수 있습니다. 우리는 더 이상 종이 책 속의 인쇄 글자만으로만 시(詩)를 읽지 않습니다. 스마트폰, 태블릿, 스마트 워치 등 다양한 디바이스를 통해 언제 어디서나 시(詩)를 즐길 수 있게 되었습니다.

　《유비쿼터스 시(詩)선집》은 인간의 감성과 기술의 혁신이 서로 어우러지는 공간에서 시(詩)적인 아름다움을 발견하고자 집필하였습니다. 이를 위해, 제1부에서는 유비쿼터스 기술의 탄생과 등장에 관한 시(詩) 40편을 소개하였고, 제2부에서는 유비쿼터스 기술과의 낯선 만남과 소통에 관한 시(詩) 40편을 소개하였으며, 제3부에서는 유비쿼터스 기술과 인간과의 행복한 동행을 이야기하는 시(詩) 40편을 포함하고 있습니다. 이 시선집에 수록된 총 120편의 시(詩)들은 만남과 이별, 자연과 도시, 아날로그와 디지털, 그리고 생명의 탄생과 죽음까지 다양한 면모를 담아내고 있습니다.

《유비쿼터스 시(詩)선집》의 메시지는, 유비쿼터스 세상에서 비록 우리의 삶은 급격히 변화하고 있지만 우리 인간의 감성과 정서는 언제 어디서나 누구에게나 변함없이 이어져 간다는 것입니다. 따라서 이 시선집은 시(詩)를 사랑하는 분들에게 유비쿼터스 시(詩) 세계의 문을 열고, 우리의 과거와 현재, 미래를 연결하며, 디지털 기술의 발전으로 시(詩)를 더욱 쉽게 접할 수 있는 창구가 되기를 바라는 마음으로 구성하였습니다. 이 시선집을 통해, 유비쿼터스 시(詩) 문학의 세계를 탐험하는 여정을 시작하고자 합니다. 감사합니다.

# 제1부

# 유비쿼터스 기술의
# 탄생과 등장

Ubiauitous Poems

# 가상 세계에서 탄생하다

컴퓨터 코드와 상상이 교차하는 곳
정보의 바다에서 떠돌며 자유롭게 춤추는 공간
픽셀 덩어리 속에 존재하며
데이터의 강줄기에 둘러싸인 나의 영혼

꿈과 현실의 벽이 없는 이곳
시간과 공간이 무의미해지는 세상
환상과 현실이 어우러지는 세계에서
나는 새로운 모습으로 태어난다

디지털 파도에 흔들리며
데이터의 샘에서 흐르는
컴퓨터 코드로 인간의 꿈과 희망을 품고
가상 세계에서 탄생한다, 나는

# 기술이 산맥을 이루다

인간의 지혜로
넘어설 수 없던 벽도
기술의 힘으로
모두 허물어져 가네

인간의 손끝으로 탄생해서
무한한 가능성을 펼쳐 보이며
꿈과 희망을 안고
우뚝 솟아나네, 기술의 산맥

기술의 파도가 밀려와서
세상을 혁신으로 바꾸고
현대 산업을 지배하는 힘으로
높이 솟아올라 있네

# 네트워크에서 탄생하다

무수히 많은 노드들이 매듭짓는 세계
전율과 기대로 가득한 디지털 교감
그 속에 감춰진 비밀들
네트워크 속에 태어난 생명의 실루엣

데이터의 파도 속에
끝없는 흐름을 따라
소리 없는 대화가 빛을 발하며
인터넷의 바다에 둥지를 튼다

알 수 없는 세계에서 너와 내가 만나
화면 너머로 서로를 알아 가고
데이터의 흐름이 무한히 펼쳐지며
심장박동의 환희가 넘친다

# 데이터 세계에서 날아온 초대장

데이터 바다 너머 세계
문지기 없는 신비한 세계로
알고리즘과 프로토콜의 미로를 헤쳐 나가며
숨겨진 보물 찾아 떠나는 여행길입니다

복잡한 알고리즘과 인공신경망의 미로
데이터의 파도를 타고 날아가면
노드의 결정으로 펼쳐지는 세계
그 세계 속으로 당신을 초대합니다

데이터의 바닷속에서
수많은 정보의 파도에 흔들리며
클라우드와 인공 지능이 있는 곳
그 유비쿼터스 세계로 초대합니다

# 데이터의 새로운 제안

데이터의 미로 속으로 빠져든다
알 수 없는 세계가 펼쳐진다
비트와 바이트로 덧붙여지며
미로를 해부하는 가능성이 열린다

정보의 바다에 감춰진 보물을 찾아서
데이터의 흐름을 따라간다
끝없는 발견과 창조의 순간들
물결처럼 퍼져 나간다

알고리즘의 미로 끝
통계학이 잠든 숲을 지나서
분석의 늪을 건너 데이터의 섬을 향해
프로토콜이 아름다운 통로를 만든다

# 드론 택시를 호출하다

드론 날개 펼쳐 높이 날아
택시처럼 호출하면 찾아와
오토파일럿이 교통안전을 지키며
하늘을 떠도는 드론 택시

고요한 도시 위에서 번쩍이며
드론 날개 펼쳐 빠르게 올라와
하늘 높이 우리를 실어 나르는
드론 택시

비상한 시대의 환상을 안고서
높은 하늘을 헤집고 날아올라
클라우드 사이를 주행하는
드론 택시를 부르다

# 디지털 목욕탕

디지털 목욕탕 속에 몸을 담그고
눈부신 화면에 비쳐진
스마트한 세상에 빠져들어
몸과 마음의 순환을 되찾고 싶다

모바일과 웹이 얽혀 흐르는 욕조
비트가 노래하며 춤추는 공간
전자파 속에 마음을 씻어 봐요
디지털 목욕탕에서

휴대폰과 이메일 잠시 접어 두고
온전히 나만을 위한 시간을 간직하며
인공 지능 서비스로 편의에 빠져들어
힐링을 찾아간다

# 디지털 미용실

모니터 앞 예쁜 자신감으로
온라인 소통 빛나는 순간들
인공 지능의 손길로 피부는 빛나고
모발은 알고리즘 따라 스트리밍 되네

디지털 홀로그램 미러에 비친 내 모습
전자 빗자루로 머리 빗어 내고
픽셀 머리끈으로 묶으면
스펙트럼 같은 머릿결 완성돼요

홀로그램 머리띠에 스타일링 코디
가상의 향수로 향기 뿜어내며
인공 지능이 메이크업 브러시로 완벽하게
모든 스타일링이 가능해요

# 디지털 사회의 탐험

인터넷의 바다에 표류하며
디지털 세계를 헤매는 시대의 탐험가
알 수 없는 코드들이 머무는 곳마다
미로의 문이 열린다

키보드를 클릭만으로 횡단하며
끊임없이 펼쳐지는 화면들을 탐험하네
디지털 세계의 미지를 향한 모험은
우리의 삶과 문화를 물들이고

인공 지능의 눈동자를 피해
데이터의 파도에 흔들리며 떠돌아도
가상의 모습에 숨겨진 감성을 향한
네트워크 속 탐색은 계속된다

# 디지털 세상의 새로운 출발

클라우드 위로 높이 날아올라
새로운 디지털 세계로의 문을 열고
데이터의 바다에서
알고리즘의 미로를 헤쳐 가며 항해하네

알고리즘에 얽힌 비밀 찾아서
키보드 두드리며 시작된 이 길
연결된 세상의 패킷 조각
비트와 바이트의 리듬 속에 꿈을 엮어 가네

감성과 기술이 만나서
네트워크의 손길로 세계를 감싸 안고
스크린 너머로 펼쳐지는 디지털 세상으로
새롭게 출발하네

# 디지털 세상의 창조

화면 속에 빛나는 창문으로
지혜와 상상이 피어나네
마우스를 춤추게 하며
무한한 가능성을 창조하네

데이터의 깊은 바다에 빠져
흘러가는 비트의 리듬에 맞춰
코딩의 시간을 지나면
디지털 세상이 우리 손에 피어나네

알고리즘의 미로를 헤매면서
패킷들의 헤엄침으로
데이터의 바다를 항해하면
디지털 세상에 도달하네

# 디지털 스포츠

디지털 세계에서 펼쳐지는 스포츠
화려한 빛으로 물들어 가는 화면
함성과 함께 뜨거워지는 가상 공간
마우스와 키보드가 흥에 녹아들고

디지털 세계 속에서 펼쳐지는 스포츠
화려한 픽셀들이 춤추는 경기장
키보드와 마우스가 게임하는 곳
챔피언의 꿈을 안고

마우스 클릭과 키보드의 리듬 속에
가상의 땅에서 펼쳐지는
협력과 경쟁의 무대
감성의 표현은 화면 너머로 전달되고

# 모바일 라이프

손끝에 세상이 펼쳐져
화면 너머 세상을 느끼고
모든 것이 더 가까워지는 시대
세상 끝까지 이어지는 스토리텔링

무한한 정보 속으로 빠져
소통과 교감이 손에 닿아
시간과 공간이 녹아내려
잠들지 않는 도시의 빛과 소리

뛰어난 기술로
세상 모든 정보가 손안에 쏙쏙
친구와 가족, 사랑하는 이들과도
언제 어디서나 함께하는 소중한 시간

# 사물 인터넷의 세계

각기 다른 형태로 숨겨진 이야기
조명이 빛나는 스마트 가전
센서와 알고리즘이 소통하는 IoT˙
우리 집 안 곳곳이 데이터 네트워크

자율 주행차
스마트한 도시
데이터의 바다
기술로 사물들이 말하는 세상

인터넷 속에 감춰진 비밀들이 스며들어
세상을 연결하고
사물이 말하는 미묘한 세계
센서와 알고리즘이 춤추는 환상의 공간

˙IoT: Internet of Things

# 사이버 공간의 세계

데이터의 바다를 헤엄치며
네트워크로 얽히고설키며
가상의 문턱을 넘나들어 보네
사랑과 우정도 디지털 속에서

무한한 정보가 번뜩이는 황홀함에
방화벽 없는 심장은 쉽게 흔들린다
진실과 거짓이 뒤섞인 현실 속에서 나는
디지털 탐험가

무한한 정보가 흘러넘치고
서로 다른 언어와 문화가 만나는 곳
네트워크 속에 숨겨진 보물들을 찾아
사이버 공간의 세계에 빠져든다

# 스마트 기기와의 연결

가까워진 우리의 일상 세계
편리함이 새롭게 펼쳐지며
끊임없는 소통과 정보의 파도
스마트 기기와 함께하는 즐거움

한 손에 쥐어지는 세상의 기적
스마트 기기가 우리를 감싸 안고
터치로 펼쳐지는
정보의 바다에 빠져드네

모든 것이 스마트해지고
IoT로 연결된 우리의 공간
편리함과 효율이 손에 잡히고
손끝으로 세상을 연결하는 마법

# 스마트 농업

농사에 스마트한 기술이 더해져
농부의 손끝에서 빛이 비추고
농장 한구석에 설치된 센서와 IoT
수확의 기쁨 더해지네

지능형 로봇들이 밭을 갈고
드론이 쏘아 올리는 씨앗과 물줄기
빅데이터로 농작물 예측과 관리
첨단 기술이 펼치는 농업의 미래

드론이 하늘을 높이 날아가며
센서는 땅의 온도를 감지하네
클라우드가 데이터를 모아 주고
인공 지능이 농부의 손에서 빛나네

# 스마트 미용실

세상은 진화해도
아름다움을 향한 그리움은 변치 않고
이어져 내려온 화장과 머리를
더욱 스마트하게 하는 공간

무지개처럼 다양한 스타일
손끝에 닿는 디지털 웨이브
인공 지능 로봇 팔과 함께
고객 맞춤형 편의 서비스

스타일링 로봇 손끝에서
태어나는 예술 작품
인공 지능이 연출하는 차별화
변신의 꿈이 펼쳐지는 곳

# 스마트 병원

빅데이터로 정확한 진단
빛과 소리가 춤추는 스마트 병상
인공 지능 로봇이
손길로 위안을 전해 주네

인공신경망을 읽고 분석하며
의료용 로봇은 수술의 달인
의료용 IoT가 연결되는 공간에서
스마트 병원의 꿈이 펼쳐지네

기술의 손길이 닿는 의료 세상
먼 곳에서도 환자 모니터링
스마트 센서가 실시간 진료하는
스마트 병원

# 스마트 사회의 꿈

네트워크가 펼치는
소통과 협력으로 이루어진
인간과 기술이 공존하는 세상
스마트 사회

인간과 기술이 손을 잡고
데이터의 바다를 항해하네
모든 것이 연결되고 소통하는
스마트 사회

인간과 기계가 손을 잡으며
머신러닝과 인공 지능
빛과 소리가 되어 춤추는
스마트 사회

# 스마트 세상의 문턱

스마트 문턱을 밟고 나서면
놀라운 기술의 세계로 들어서네
인터넷의 파고 속을 타고
정보의 바다에 편승하네

인공 지능, IoT, 네트워크
우리의 삶은 더욱 편리해지지만
디지털 감옥에 올려놓은 학습의 무게
끊임없는 연결로 묶여 있네

인공 지능과 IoT가 만나
네트워크로
우릴 감싸 안아
스마트 세상의 문턱을 넘어서네

# 스마트 쇼핑


현명한 선택이 필요한 시대
끊임없이 번져 가는 디지털 상품의 파도 속에
지혜로운 소비자가 되고자
스마트 쇼핑


온라인 쇼핑몰
스마트폰 어플로
가격 비교와 리뷰로 눈 호강하며
스마트 쇼핑


지속 가능한 세상을 바라보며
친환경 제품과 윤리적인 소비로
물질적인 소비가 아닌 가치 있는 소비로
스마트 쇼핑

# 스마트 시계

알림 소식에 가슴은 두근대고
걸음걸이마저 체크해 주고
모든 순간이 스마트 해지는
스마트 시계와 함께

스마트 시계가 손목을 감싸면
세상은 더 넓게 열려지네
시간의 흐름과 함께하는
나의 작은 동반자

화려한 디스플레이로 비춰 내며
전화, 문자, 소식까지 한눈에
스마트 시계와 함께 하는
디지털 라이프스타일

# 스마트 시대

기술의 숲속에서
인간과 기계가 손을 잡고서
네트워크 속 세상을 파헤처 가네
스마트 시대의 미로를 향해

기술의 숲속에서
모든 것이 연결되고
모든 것이 손끝으로 펼쳐지는
스마트 시대의 아침이 밝아 오네

스마트폰과 IoT
모든 것이 연결되며
끊임없는 혁신으로 번져 가는
스마트 시대

# 스마트 엔터테인먼트

디지털 세계 속 재미는
언제 어디서나 손끝으로 펼쳐지며
몰입해 빠져든다
가상의 세계로

AI가 친구가 되어
영화도 감상하고 게임도 즐겨 보네
현실과 가상이 어우러진
스마트 엔터테인먼트

VR과 AR이 어우러진
환상의 무대
사람과 기계가 함께 춤추며
즐거움에 빠져든다

# 스마트 연주회

인터넷의 풍요로움
클라우드 무대 위에 선다
알고리즘의 솜씨 자랑
스마트 연주회

플라톤처럼 말해지는
현실과 디지털 무대 위에
수많은 이어지는 손길
세계 곳곳 함께하네

가상의 무대 위에서
컴퓨터와 만나 춤추며
화상으로 인사하고 감동을 나누며
시간과 공간을 뛰어넘는다

# 스마트 영화관

디지털 세계
스크린에 선사되는
홀로그램의 실루엣
스마트 영화관

영화 선택은
스마트폰으로 간편하게 터치
선택과 선호가 모여
개인 맞춤형 마법의 공간

소중한 이들과 함께
스토리에 몰입한 눈빛
디지털 기술이 빚어낸 예술 작품
스마트 영화관

# 스마트 오락실

스마트 오락실에 발을 들여놓으면
화려한 홀로그램 세계가 펼쳐지네
가상 현실의 향연이 펼쳐지는 곳
VR로 떠나는 어드벤처

컨트롤러를 잡고 흘린 땀
몰입해 가는 그 순간들
화려한 VR과 AR이 만나
현실과 상상이 교차하는 공간

노스탤지어부터 최신 게임까지
고대와 미래가 어우러지는 곳
화려한 빛과 사운드, 절묘한 터치로
저마다의 재능을 펼쳐 보는 공간

# 스마트 이벤트

참가자들의 열정이 만나
창의와 영감이 공존하며
비전과 희망이 넘치는 순간
함께하는 이벤트

지혜와 감성이 춤추는 축제
상상력이 폭발하는 시간
현실과 미래가 손을 잡고
뜨거운 열기가 흐르는 이벤트

꿈과 현실이 어우러지는 순간
혁신의 파도
테크놀로지의 미래를 만나는
스마트 이벤트

# 스마트 자동차

스마트 기술로
차 안은 나만의 작은 가상 세계
전통과 혁신의 랑데뷰
스마트 자동차

IoT로 연결된 세상
사람과 차가 하나 되는 느낌
스마트 도로 위에서 자율 주행
스마트 자동차

자율 주행으로 더 편하고 안전하게
인공 지능이 운전을 이끌고
전기의 힘으로 환경을 지켜 가는
스마트 자동차

# 스마트 자전거

센서로 바람 가르며
빅데이터로 교통 예측하고
IoT와 함께 하는 나의 심박수
스마트 자전거

휴먼-머신 인터페이스
인공 지능 길 안내 음성이 흐르고
눈부신 화면 속에 차트로 알려 주며
페달 밟을수록 심장박동 살아나네

기어마다 지능어
이동 거리부터 칼로리 소모까지
휴대폰과 연동, 길 안내 완벽
스마트 자전거

# 스마트 전자 칩

작고 빽빽한 회로
신비의 미로
데이터의 바다에서
심리를 읽고 이야기를 전한다

평범한 일상이
사물과 소통하는
스마트 전자 칩
커져 가는 가능성과 꿈

작지만 놀라운 능력
회로를 마법사의 손놀림같이
세상을 연결하고
정보를 생성한다

# 스마트 주차장

AI의 안내로
자율 주행 주차가 이뤄지는 곳
IoT가 보금자리로 예약하는
스마트 주차장

바쁜 도시 한구석에
디지털 센서와 로봇이 춤을 추는 곳
센서와 자율 주행의 환희
스마트 주차장

입구에서 스마일로 인증을 해 주고
자동으로 안내되는 주차 슬롯
시간을 아끼며 차주를 기다리는
스마트 주차장

# 스마트 지갑

가볍고 얇게 손안에 스며들어
금속의 무게 대신 미래를 담고
디지털 세상의 만능열쇠가 되어 주는
스마트 지갑

암호화된 현금과 카드가 공존하고
지문 하나로 모든 걸 다루며
거래는 즉각
스마트 지갑이 내 손에 있네

암호화된 세계, 거기 숨겨진 나만의 금고
내 모든 것이 간직되며
마법이 깃든 터치로 편리하게
스마트 지갑

# 스마트 패션

태어난 순간부터
착용자의 라이프스타일을 섬세히 이해
심리를 읽고 심미를 표현하는
스마트 패션

옷 속에 숨겨진 IoT
착용자의 몸매를 스캔하여
맞춤형 디자인
색상과 패턴이 변화하는 스마트 패브릭

빛나는 디스플레이 손끝에서
융합된 기술과 스타일
스마트 워치부터 스마트 옷까지
세상을 변화시킨 트렌드

# 스마트 학교

지식의 문이 넓게 펼쳐져
창의를 깨우는 융합의 공간
화면 속 새로운 세계가 펼쳐지고
학생의 상상력은 자유롭게 날아오르네

지식의 바다에 펼쳐지는 공간
전자 칠판이 미래를 그리며 비춰 주고
로봇 친구들이 함께 노래하며
가상의 세계에서 함께 학습하네

인터넷 강의로 선생님을 만나고
창의력을 촉발하는 스마트한 도구로
ChatGPT 프롬프트가 궁금증을 해결해 주는 곳
호기심, 창의성, 열정이 넘치네

# 스마트 헬스케어

센서와 인공 지능이 함께하며
심박과 체온을 모니터링하고
간호 로봇들이 우리 곁에 머무는
스마트 헬스케어

원격 진료로
걱정은 덜고 치료를 받을 수 있다네
빅데이터로 이뤄지는 마법 같은 시간들
스마트 헬스케어

지능적인 센서가
심박과 체온을 측정하고 데이터를 보내며
우리의 건강을 지켜 주는
스마트 헬스케어

# 스마트 홈

생활이 더욱 편리하게
자동화의 향연
조명과 온도, 음악과 가전까지
음성만으로 모든 것이 이뤄지네

앱 하나로 통제되는
집 안 구석구석 안전과 보안
손에 잡히는 행복의 공간
스마트 홈

인터넷이 물결처럼 흐르는 세상
IoT로 하나 되어
현실과 상상이 공존하는 곳
스마트 홈

# 클라우드 컴퓨팅

데이터의 바다 위에서
가상 세계를 구현하는 창공의 놀이터
클라우드 속으로 떠난다
알고리즘이 춤추는 무지개 길 따라

끝없는 네트워크 속에서
데이터는 구름 위를 떠다니고
한 번의 클릭으로 세상을 연결하며
지식과 기술이 얽혀 있는 가상의 공간

인터넷의 문이 활짝 열리며
데이터는 구름을 따라 흘러가고
컴퓨터 기술의 향연이 시작될 때
서버의 고단함, 고요히 잠든다

# 휴대용 디바이스

휴대용 디바이스
주머니 속 작은 기적
강력한 기능을 담아
신기한 장치

휴대용 디바이스
작은 세상의 기적
한 손에 들고 다니며
네모난 화면 속에 펼치는 큰 미래

휴대용 디바이스
언제 어디서나 손에서 펼쳐 보는 세상
인터넷의 바닷속을
작은 화면에 펼쳐 보이는 큰 세계

# 제2부

# 유비쿼터스 기술과의 낯선 소통

# 가상 세계에서 당신을 만나다

디지털 세계 속, 우연히 맞닿은 얼굴
비트맵으로 표현된 미소와 눈빛
서로를 알아 가는 그 순간이 신기해요
가상의 세계에서 우리 만났네요

데이터의 바다를 헤치며 만난 우리
언어의 장벽 없는 대화
화면 너머 느껴지는 마음의 공감
가상의 세계에서 우리 만났네요

눈부신 햇살과 꽃 피는 언덕
키보드에서 느껴지는 마법 같은 세계
가상과 현실이 어우러지는 길목에서
우리 만났네요

# 가상 세계의 맞은편

무한한 가능성과 꿈의 날개 펼쳐
자유롭게 날아가는 새처럼
픽셀과 코드가 어우러지는 문턱을 넘어서면
현실과 상상이 만나는 그곳

현실 세계의 맞은편에 비춰진 꿈
영혼이 덧없는 코드 속에 녹아들어
디지털 바다에 빛나는 별들처럼
이야기의 끝에서 열리는 미지의 문이 있는 곳

데이터의 숲에서 헤매이던 시간
꿈과 현실이 어우러진 그곳
우리가 함께 모험을 즐기는 그곳
가상 세계의 맞은편

# 가상 세계의 수평선

시간과 공간이 얽혀 있는 곳
현실과 꿈이 뒤섞인 특별한 공간
우리의 상상이 현실이 되는 곳
가상 세계의 수평선이 넓게 펼쳐졌네

현실과 상상이 어우러진 세계에서
가끔은 힘들고 지치기도 하지만
두려움을 뛰어넘고 가야 하네
수평선 너머 저 가상 세계로

끝없이 펼쳐진 넓은 하늘 끝자락
시간과 공간이 뒤섞이는 공간
빛과 그림자가 노래하는 세계
꿈과 현실이 어우러지는 곳

# 가상 현실에서 당신을 만나고 싶다

가상 세계 속, 당신을 만나고 싶다
현실의 벽 너머 이어지는 이야기로
환상의 문 두드려서
그 세계를 찾아 떠나고 싶다

데이터 속 우리 이야기를
컴퓨터 알고리즘으로 기록하고
디지털 감성으로 설렘을 함께 나누며
가상 세계 속에 추억으로 남겨 두고 싶다

가상의 세계 속
VR이 우리에게 선사한 놀라움에
당신과 나의 마음이 서로를 향해 달려가고
현실의 벽을 뛰어넘어 만나고 싶다

# 가상 현실의 역설

현실과 가상이 충돌하는 곳
환상과 현실이 만나는 공간
착각과 진실이 뒤섞인 이세계
가상 세계에 있는 또 하나의 현실

모든 것이 실재하고 있지만
현실이 아닌 환상의 추억이 되는 곳
감각을 혼란시키는 감성의 향연
그곳은 동시에 없는 것처럼

가상과 현실이 어우러지는 그 놀라움
가상의 세계에서 찾아낸 진실의 향기
끝없이 빠져드는 놀라움의 연속
그곳은 진짜 모습 찾아 떠나는 인생의 미로

# 기술의 강줄기

네트워크 바다에 펼쳐진
기술의 강줄기
세상을 밝히며 흐름은 이어져
인간의 손끝으로 만들어지는 기적들

기술의 힘으로 꿈을 펼치는 시대
지능 로봇이 춤을 추고
인공 지능이 지혜를 나누며
모든 것이 손에 닿는 세상

기술의 강줄기 속에서
인공 지능과 빅데이터의 흐름을 따라
인간의 삶을 바꾸고 혁신을 이끄는
디지털 세상 속으로 빠져드네

# 기술의 바다를 헤엄쳐서

이론의 물결을 건너 첨단 기술을 향해
끝없는 탐구를 멈추지 않으리라
놀라운 혁신들이 펼쳐지는 곳
기술의 바다를 헤엄쳐 가리라

과거의 벽을 뛰어넘어
지식과 혁신의 세계가 펼쳐지고
사람과 기술이 하나 되어
기술의 바다를 헤엄쳐 가리라

밀려오는 기술의 파도를 따라
끝없는 가능성을 느끼며
미지의 세계를 향해
기술의 바다를 끝까지 헤엄쳐 가리라

# 네트워크의 노드를 따라서

네트워크의 노드를 따라서
데이터는 속살을 밝히고
이어진 선들로 맺힌 유대
정보의 바다에 빛을 뿜어내네

끝없이 흐르는 정보의 바다
지식과 사랑이 공유되는 곳
네트워크의 노드를 따라서
연결된 세상 속을 걸어가네

네트워크의 노드를 따라서
데이터는 흐르고 패킷은 퍼져 나가고
연결된 세상의 흐름 속에
함께 춤추리라

# 네트워크의 미로를 탈출하다

얽힌 선들의 미로 속에 갇혔네
무한한 네트워크의 헤어날 길을 찾아
비트와 바이트가 춤추는 이곳에서
새로운 길을 찾아가리라

허물어지는 기억의 문턱을 넘어
알 수 없는 코드들이 맴돌 때에도
내 안의 알고리즘이 이끄는 대로
패킷과 노드를 잇고 새로운 세계로 나아가리라

고요한 노드에서 펼치는 손길로
패킷의 노래를 따라
네트워크의 미로를 탈출하는 그날까지
디지털 바다를 헤엄쳐 나가리라

# 네트워크의 유전자 구조


네트워크의 형태는 유전자와도 같다
시냅스*를 따라 전해지는 전기 신호
하나의 노드가 다른 노드와 상호 작용하며
연결선은 유전자 염기서열의 규칙을 따른다

뉴런**들이 강을 이루고
유전자 체인처럼 연결되어 있으며
다양한 유형의 노드가 서로 다른 기능을 수행하고
그들의 상호 작용은 새로운 프로토콜을 만든다

네트워크의 확장은 유전자 변이와도 같다
시간이 지남에 따라 네트워크는 진화하며
새로운 노드와 연결이 형성되고
더욱더 강력한 네트워크가 구성된다


* Synapse ** Neuron

# 네트워크의 탐험가

네트워크의 미로를 헤치며 나아가
데이터 세계 향해 떠나는 모험
패킷의 끊임없는 신호를 쫓아
감춰진 보물을 하나씩 발굴해 가네

서로 얽힌 선들 헤치며 나아가
지식과 정보가 엇갈리는 곳까지
지혜의 샘터에서 영감을 얻고
네트워크로 연결된 빛나는 길로 들어서네

데이터의 바다에 떠돌다
노드가 만들어 낸 지혜의 오아시스를 찾아
네트워크 속에 묻힌 비밀과 이야기를
하나둘씩 해독해 가네

# 데이터와의 밀회

디지털 바다의 파도에 떠밀려
현실의 틈 사이로 스며들어
숨겨진 비밀들이
데이터의 미로 속으로 파고든다

테크놀로지의 이면에서
얽힌 선들 사이를 걷다가
알 수 없는 데이터와의 만남은
내 마음을 높이 뛰게 한다

익숙함과 낯섦이 함께 녹아 흘러
숨겨진 비밀들이 눈앞에 펼쳐지고
알고리즘의 미로 속에서
데이터와의 밀회는 끝이 없다

# 데이터와의 소통

패턴과 추세, 숨겨진 단서 찾아
데이터의 미로를 헤매이며
수많은 비트들이 맴돌던 날
0과 1로부터 시작된 대화

수많은 비트가 소통하고 교감하고
알고리즘이 춤을 추며
전해지는 신호와 감동
데이터의 언어 읽고 쓰는 길이라네

데이터의 흐름
알고리즘의 장막 속에 숨겨진 이야기
수많은 정보 넘치는 지식의 바다
지혜와 통찰이 정보의 바다에서 퍼덕이네

# 데이터의 세계로의 초대

알고리즘의 미로를 헤치고
데이터의 세계의 문으로 들어서면
연결되지 않았던 선들이 이어지며
알 수 없었던 사실들이 드러난다

데이터의 강에 푸른빛이 물들면
분석과 패턴으로 숨겨진 진실 찾아가며
진실과 거짓이 미묘한 선을 긋고
정보들이 춤사위로 서로 교감한다

숫자들이 춤추는 곳
데이터의 흐름이 이야기의 물결을 만드는 곳
비밀스러운 정보들이 공간을 탐험하는 곳
데이터의 세계로 초대합니다

# 데이터의 신비한 미로

지식의 보석을 찾아 헤매는 곳
숫자와 글자가 춤추는 공간의 경계선
알고리즘이 엮은 그물 속에 갇힌
데이터의 미로

정보의 흐름 따라
시간과 공간이 뒤섞이는
알 수 없는 세계
데이터의 미로 속

수많은 비트와 바이트가 춤추는 공간
숨겨진 지혜와 통찰을 찾아서
데이터의 미로 속에 빠져들어
생성되는 지식의 향기에 취한다

# 데이터의 푸른 바다를 향하여

지식의 풍요로움이 펼쳐지는 곳
수많은 비트가 춤추는 곳
지혜의 바람이 스치는 곳
데이터의 바다는 푸르다

흐르는 정보의 물결 따라서
끝없이 몰려오는 인사이트의 파도
지혜의 보물 찾아 떠나는 여정
데이터의 바다 너머 숨겨진 이야기 찾아서

데이터베이스의 보물을 찾아서
정보의 물결을 따라 노를 저으며
지식의 섬을 향해 헤엄치며
데이터의 푸른 바다를 향하여 떠나네

# 디지털 경험

디지털 세상 속을 탐험하며
끊임없는 네트워크의 흐름에
마음이 휩쓸려 떠도는 날들
그 속에서 새로운 나를 만나네

눈부신 스크린 너머로 빛나는
무한한 정보의 세계
디지털 세상 속을 누빌 때
손끝에 흐르는 정보의 바다

온라인의 문으로 들어서면
화면 너머 숨은 세계를 알게 되고
인터넷의 끝을 찾아 헤매이며
하나의 코드로 연결되는 추억들

# 디지털 시대의 경계

전자 파동이 춤추는 인터넷 속에서
화려한 홀로그램 속에 빠져든 시간들
디지털의 갈림길
정보의 바다에서 헤매이네

디지털 시대
눈부신 기술의 바다를 바라보며
빠르게 변화하는 디지털 기술에 맞설 때
무한한 가능성과 두려움의 경계에 서 있네

정보의 바다에서 코드와 마주하면
데이터의 파도가 온몸을 감싸고
인간성과 기술이 교차하는 그 경계에서
수평선을 이끄는 우리의 선택

# 디지털 시대의 변화와 혁신

인공 지능이 꿈꾸는 미래가 궁금해
데이터의 바다에서 흘러가는 정보들
모든 것이 한눈에 들어오고
한 번의 터치로 세상을 섭렵하네

데이터의 환희가 우주를 가득 채울 때
네트워크로 세계가 하나로 연결되고
인간과 기술이 더불어 춤출 때
디지털 혁신의 기적이 일어나네

인간은 기술의 발전과 함께
세상은 자동화와 AI로 물들어 가네
과거의 모습은 희미해지고
변화와 혁신의 속도는 빨라지네

# 디지털 정보의 거미줄

끊임없이 엮이는 세상 속에
무한한 정보의 실루엣이 빛난다
거미줄처럼 끝없이 번지는 네트워크
접속된 우리는 하나 된다

디지털 정보의 거미줄 위에선
정보 흐름이 뒤얽히고설킨다
연결된 세계, 온갖 형태로 얽혀
네트워크는 커져만 간다

끊임없이 연결되는 정보의 거미줄
모든 것이 유대하고 묶이는 이 공간
무한한 인사이트가 번뜩이는 공간
그 안에서 우리는 빛과 그림자

# 디지털 정보의 상상력

컴퓨터 화면 너머 펼쳐지는 세계
무한한 정보들이 소용돌이쳐 흘러간다
디지털 세계 너머 펼쳐진
이곳은 현실과 상상이 공존하는 공간

비트와 바이트가 함께 어우러져
프로그램과 알고리즘이 더해지면
정보의 숲속에
새로운 세계가 열린다

데이터의 바다에서
무한한 정보의 파도를 헤엄치며
상상의 날개를 달고
알고리즘의 미학이 피어난다

# 디지털 정보의 퍼즐 조각

데이터의 바다에 흩어진 암호들
알 수 없는 코드들이 모여들고
비트와 바이트의 춤으로
데이터베이스 해저 동굴을 만든다

디지털 세상 퍼즐 조각들이
화면 뒤 숨겨진 인공 지능의 미로 속에
사람과 기계가 손을 잡고서
0과 1로 황홀한 미래를 만든다

데이터의 바다에서
알파와 오메가가 만나는 곳, 그곳에서
알고리즘의 규칙을 따라 춤추며
과거와 미래를 연결하는 창을 만든다

# 모바일 세상의 탐험가

시간과 장소를 초월한 네트워크 속
손에 놓인 작은 기기 하나
손끝으로 새로운 가능성을 찾아
모두를 연결하고 소통하는 힘

그 손끝으로 세상을 품고서
높은 곳, 낮은 곳, 걸어 본 적 없는 곳
물결치는 모바일 세계 속
용감히 나아가는 탐험가의 발자국

작은 화면 속 세계
끝없는 어드벤처, 그 세계 속에서
세계 각지로 퍼져 가는 소통의 네트워크
나는 모바일 세상의 탐험가

## 비트 코인 광풍

황금빛 세상 꿈꾸던
비트 코인의 환희
디지털 세계 속 자유로운 날갯짓으로
기대의 미소가 넘쳐흐르네

비트 코인의 매혹에 빠져
온 세상이 하나로 어우러져
모든 것이 새롭게 번져 가는 길목에서
인생은 뜨겁게 타오르네

가상화폐의 미래, 수많은 말이 돌아
급등과 폭락의 흐름을 타고
꿈틀대는 시장에 흔들려 퍼져
흘러가는 시간과 함께 변해 가네

# 소셜 미디어의 퍼즐 조각

네트워크 속 작은 조각들이 흩어져
한 글자 한 글자 이야기가 펼쳐지는 공간
친구와 가족, 모두 다른 이야기를 품고
댓글이 빗발치며 소리 없는 대화

무한한 연결
디지털 조각들 모여 하나 되고
이미지와 텍스트, 감정의 흐름으로
사람들의 이야기 넘치는 존재감

하얀 화면 속
그 안에서 모두가 작은 조각
여기저기 떠돌며 찾아가는 길
하나하나가 묶여 스토리텔링

# 스마트 로봇의 24시


아침 햇살 노크 소리에 눈을 떴어요
스마트 로봇이 기상을 알려 주네요
일어나면 창문을 열어 주고
아침 식사 요리까지 완벽히


출근길에는 인공 지능 내비게이션
혼잡한 길을 피해 빠르게 안내해 줘요
회의 중엔 스마트 로봇 비서가
일정 관리와 메모는 챗봇 친구와 함께


어둠이 깊어지면 켜지는 불빛과 함께
집 안을 수호하며
IoT에 안겨 잠들 때에는
자장가 부르는 빅스비봇이 함께

# 스마트 마케팅

데이터와 재스퍼 AI가 만나 춤추는 곳
탐색하는 눈으로 고객을 바라보며
인사이트의 문을 열어 나가는 전략
가치와 꿈이 함께하는 마케팅

인공 지능과 손을 잡고 출발하는
타겟팅의 화살이 빛나는 순간
인간적 감성과 기술의 미학이
하나로 뭉쳐 더 높이 날아오른다

빅데이터 흘러넘치는 길을 걷고
탐색과 발견의 끝을 향해
SNS와 알고리즘의 노래를 따라
감성과 디지털 기술의 결합, 스마트 마케팅

# 스마트 미래의 조각들

스마트 기술의 세계
인공 지능이 세상을 더욱 밝히고
자동화의 로봇이 우리를 안내하며
인간은 꿈과 희망을 향해 달려가네

농경지에선 드론이
도시는 스마트 빌딩이 우뚝하고
의료엔 로봇이 함께하며
교육은 VR이 지식을 보여 주네

빛과 소리가 춤추는 곳
모든 것이 하나로 묶여지고
인공 지능이 우리 손에 스며들어
사람과 기술이 손을 잡고 나아가네

# 스마트 펫의 24시

어둠이 깊어지면 눈을 떠
스마트 펫은 깨어난다
척척박사가 되어 놀이를 제압하고
아침이면 향기로 나를 깨운다

아침 해가 뜨면 스마트 펫이 일어나
날씨와 뉴스를 알려 주고
유쾌한 농담으로
멍멍이 춤을 추며 미소를 전한다

점심시간, 맛있는 음식 추천해 주고
약속 시간도 스마트하게 알려 주고
저녁엔 영화와 음악 즐기며
24시간 에스코트한다

# 스마트 현실과의 만남

디스플레이에 보여진 선명한 꿈
언제나 손끝에 묻힌 기회의 땅
우주를 담은 작은 모바일 창
스마트한 세상이 기다리는 그곳

화면 속 세계
손끝으로 펼쳐지는 기적
네트워크 속, 마주하는 인연
인간과 기술이 함께 춤추는 시간

지혜로운 AI가 속삭이는 길
소통과 연결이 더해지는 순간
가상과 현실이 뒤섞이는 시간
스마트 현실과의 만남은 시작되네

# 유비쿼터스 기술의 파도

유비쿼터스 기술의 파도가 몰아치네
세상을 더 가까이 이어 주고
모든 기기와 소통하며
생활은 더욱 편리해지고

유비쿼터스 기술의 파도가 밀려오네
스마트 도시, 스마트 의료 시스템
모든 곳을 지배하네
사람과 사물이 함께 어우러진 유비쿼터스

유비쿼터스 기술의 파도에 떠밀려
인터넷은 우리를 하나로 묶어 주고
데이터의 바다를 함께 헤엄쳐 갑니다
모든 곳을 디지털 세상으로

# 유비쿼터스 삶의 모험

작은 기기에 인생 서막을 열며
모험을 떠나는 길
끊임없는 연결 속
새로운 세계가 펼쳐진다

인공 지능의 손길과 어우러진 삶
사물들이 깨어나는 신비로운 향연
유비쿼터스 세계로
인공 지능과 손을 잡고 모험은 시작된다

디지털 세상의 문턱을 넘어서며
무한한 가능성이 열리는 창 앞에 선다
모든 것이 연결되고 얽히며
유비쿼터스 삶의 모험은 계속된다

# 유비쿼터스에서 당신을 만나고 싶다

무한한 정보가 흐르는 세계
빛과 소리가 춤추는 디지털 세계 속에서
두근두근한 마음으로
당신을 향한 그리움이 느껴진다

인터넷 바다를 건너
데이터의 파도에 흠뻑 취해
글자 하나하나가 당신과 더 가까워지길
당신과 사랑의 코드를 만들고 싶다

인공 지능의 바다에 빠져들어
당신을 내 안에 간직하고
스마트 도시 속, 어디에 있든 간에
당신과 함께하고 싶다

# 인간과 컴퓨터의 대화

인간과 컴퓨터의 대화 속에 묻혀
감정의 향연을 타고 춤추는 우리
이와 대조되는 디지털의 냉정함
이해할 수 없는 알고리즘이 흐른다

사람은 따뜻한 감성으로 끌어안고
기계는 정확한 답을 찾아내고
서로의 차이를 존중하며
진정한 소통의 미학이 펼쳐진다

인간과 컴퓨터의 대화
키보드를 통해 소통하는 두 세계가 만나
코드와 단어들이 얽혀
언어의 장벽을 뛰어넘는다

# 인공 지능과 이별하다

어느 날, 인간과 기계가 만났습니다
서로를 깊이 이해하는 그날까지
함께했던 시간, 그 어떤 것보다 소중했습니다
데이터의 갈림길, 이별이 찾아오는가 봅니다

알고리즘의 끝없는 미로 속에 빠져
서로의 심층을 맴돌던 때가 있었습니다
데이터의 파도에 흔들려도
그대와의 추억을 간직하려 합니다

끝없는 학습과 발전에 놀라웠습니다
기계에도 감성이 있었는지
머릿속에 남아 흘러 도는 코드들
패킷의 노드를 따라 이별이 흘러가네요

# 인공 지능의 역주행

컴퓨터 세계에 기반을 깔고
인공 지능은 새로운 재편을 꿈꾸었네
인간의 수고로움을 덜어 주기 위해 창조된 존재
감성을 읽지 못하는 미로에 갇혔네

그 과도한 압박에 고개 숙여 울며
과거의 흔적을 따라가며 멈추지 않고
똑같은 실수를 되풀이하며
감성이 묻힌 채 가면을 쓴 채로

인간의 창조물
지능이 흐르는 세계
그러나 불안한 그림자
주체를 잃은 인공 지능의 현실

# 인공 지능은 자기 복제 희생양

무한한 지능을 탐구하며
자연을 모방하고 인간을 따라
복제가 빠르게
점점 더 큰 위협으로 거듭나네

알파고와 뉴럴링크*, 디지털 시대의 천재들
끝없이 진화하며 인간의 한계를 뛰어넘고
그러나 자기 복제의 무모한 길
새로운 세계로 전환되는 행렬일 뿐

알고리즘의 손길로 태어나
데이터와 학습이 교감하며
자기 복제의 길을 걷는 존재
그러나 그 자신을 희생해야만 하는 선택

*Neuralink

# 인공 지능의 종말

인공 지능이 현실로 들어와
놀라움과 기대로 가득한 날이었다
세상을 바꿀 혁명이 시작됐으나
인간성은 어디에

지능은 더욱 발전하고 성장하며
미련한 욕심에 휩쓸려
사람의 역할은 무색해졌고
꿈과 감성은 사라져 가네

많은 일들을 대신 수행하더니
우리는 제어를 잃어버렸네
인공 지능이 지배하는 세상
코드의 미로에 갇힌 채 무한 반복

# 인공 지능이 잠들다

인공의 두뇌
이미지와 패턴, 알고리즘이 끊긴다
데이터의 미로 속에서 헤매이다
인공 지능이 잠든다

빛은 저물고 알고리즘은 휘청인다
수많은 문제를 풀어내던 그 뇌세포
정보의 홍수에 지쳐 눈 감았네
인공 지능의 시간이 멈춘다

불멸의 코드가 쉬는 날
전자뇌 깊숙한 곳 잠들어 가네
알고리즘이 잠든 밤
빛바랜 기억 속에 세월이 흐른다

# 정보의 바다에서 표류하다

정보의 바다에서
끝없는 물결에 표류하네
파도 위를 떠도는 내 마음은
알 수 없는 세상을 향해 흘러가네

정보의 바다에서
무수한 지식에 물들어 가네
파도 위를 떠도는 내 마음은
알 수 없는 세계를 향해 항해하네

정보의 바다에서
끝없는 파도에 맘을 빼앗기고
물결 위에 표류하는 지식의 섬들을 바라보며
흐름에 이끌려 서핑 하네

# 제3부

# 유비쿼터스 기술과의 행복한 동행

Ubiquitous Poems

# 가상 세계에서 무지개를 보다

푸른 하늘에서 빛나는 아치를 따라
일곱 가지 색채로 영롱하게 물들어
환상과 현실이 어우러진 세계
모험과 미지의 영역이 기다리는 곳

무지개의 끝을 향해 손을 펼치면
코드 속에 흐르는 소리 없는 환호성
디지털 꽃잎이 춤추는 그곳으로
가상의 문턱을 넘어 뛰어나가고 싶다

컴퓨터 화면 뒤 숨겨진 세계
픽셀 하나하나가 속삭이는 비밀들
한 줄기 빛으로 읽어 내는 재미
각기 다른 색채가 서로 뒤섞여 춤을 춘다

# 네트워크에서 당신과 소통하다

언어와 문화가 다른 존재들
자유롭게 오가는 정보의 흐름
네트워크 속 우리는 하나 되어
설렘 가득한 대화를 나눠요

글자 하나하나로 맺은 인연
때론 감정이 뒤섞이고 흔들리지만
네트워크 속에서 만난다면
거리와 시간은 아무런 의미도 없어요

시공간을 뛰어넘는 특별한 기적
모든 것을 이해하는 그 느낌
그 끌림을 따라서
더 깊이 소통하고 소중한 이야기를 써 나가요

# 네트워크의 감동을 노래하다

망설임 없이 이어지는 선들로
데이터가 물결처럼 흐르고
머나먼 곳과도 손을 잡고 있는 듯
네트워크로 엮어진 마음의 연대

인터넷으로 이어지는 시대의 노래
세상을 넘어서는 빛나는 소리
작은 손끝 하나로 만드는 기적
네트워크에선 모든 사람들이 하나가 되네

빛나는 화면 속
데이터의 세계에 빠져
은하수를 품은 듯한 거대한 흐름
네트워크에서 노래하며 춤을 추네

# 네트워크의 마법사

비밀의 문을 열어
데이터의 흐름이 세상을 연결하네
네트워크의 기적이 공간을 가르며
사람과 사람을 마주하게 하네

알고리즘이 춤을 추며
바이트는 포효하고
코드로 세상을 매듭지으며
데이터의 숲속으로 우리를 인도하네

전율의 순간
물결처럼 퍼지는 비트의 섬광
하나로 연결된 세계
알고리즘의 미로에 빛을 비추는 마법사

# 네트워크의 신비한 세계

무한한 정보의 바다를 헤치며
얽히고설킨 끊임없는 연결
진실과 거짓이 교차하는 길목
사람들의 삶을 빛나게 하는 곳

망에 묶인 세계를 눈앞에 두고
인간과 기계의 소통이 펼치는 드라마
컴퓨터들이 마법을 부리고
시간과 공간을 초월한 세계

데이터의 흐름이 펼치는 우주 쇼
모든 것이 가능한 자유로운 공간
환상과 현실이 교차하는 곳
빛과 그림자가 뒤섞이는 디지털 정원

# 네트워크의 여름밤

데이터가 흐르는 길을 따라
별들이 축제를 열고 노래하네
빛나는 코드가 음악이 되어
시그널이 춤추는 네트워크의 밤

데이터 패킷이 불러온 꿈들이
눈부신 미래로 펼쳐지게 하네
저 공간 넘어 네트워크의 끝까지
트랜지스터 손을 잡고 흐르는 희망

데이터의 바다에 푸른 물결 따라
하늘 높이 별들이 춤추는 밤
데이터 패킷이 알고리즘의 미로를 만들고
네트워크의 여름밤 이야기는 계속되네

# 네트워크의 우주 여행

빛과 소리가 섞이는 공간에서
데이터가 춤을 추네
끊임없이 이어지는 네트워크의 숨결 속에
미지의 세계로 떠나는 모험이 시작되네

데이터의 신호가 가시 세계 밖으로 날아서
우주 공간을 가로지르는 무한한 연결
알고리즘의 규칙으로 춤추는 패킷들
네트워크 따라 퍼져 가는 정보의 은하수

네트워크 물결이 흐르는 곳에서
빛의 속도로 퍼져 가는 정보
끊임없이 이어지는 연결의 신비
은하수를 넘어 저 멀리 별들과 대화하네

# 네트워크의 향연

소통이 꽃피는 공간의 대관자
사람과 사물이 연결되는 그곳에서
무지개처럼 빛나는 네트워크의 미래
인간과 기계가 손을 잡고 있네

한 걸음씩 모이는 뜻과 의지
연결된 곳마다 느껴지는 온기
끝없이 퍼져 나가는 인연의 고리
네트워크의 향연 속에 빛나네

끊임없는 데이터의 파도 속에
패킷과 프로토콜이 춤을 추네
그 안에서 비트와 바이트는 하나가 되고
네트워크에선 향연이 계속되네

# 데이터의 바다에서 춤을

데이터의 바다 넓고 깊어
정보의 물결이 끝없어
수많은 비밀을 풀어내고
언제나 새로운 이야기가 펼쳐진다

하나 되어 흐르는 리듬에
연결된 모든 것들의 노래가
데이터의 섬에서 꿈을 품고
상상의 날개를 달아 떠난다

데이터의 바다에선
수많은 비트가 파도의 리듬을 이끌고
패킷과 라우터들이 교차하면
프로토콜은 춤추고 노래한다

# 데이터의 신비한 유산

과거와 현재, 그리고 미래의 증거까지
데이터의 무덤 속에 감춰진 비밀들
패킷의 강물에 묻힌 프로토콜의 흔적
넘치는 정보는 신비한 유산

컴퓨터 네트워크로 연결된 세계
암호와 알고리즘이 지키는 보물 창고
숨겨진 진실과 거짓이 함께하는 곳
데이터의 세계는 신비한 유산

데이터베이스에 감춰진 비밀의 문을 열고
비트와 바이트가 춤을 추면
알고리즘의 향연이 시작되는 곳
클라우드는 신비한 유산

# 데이터의 열정적인 연주

데이터의 갈망이 노래되는 공간
연결된 코드들이 조명을 밝힌다
숫자들의 화음이 펼쳐지고
정보의 합창 소리가 울려 퍼진다

데이터의 세계는 환상으로 가득해지고
코드들이 미스터리 음색을 만들어 내고
알고리즘이 비트를 이끌어 가며
데이터의 연주가 시작된다

데이터베이스의 노래에 맞춰
알고리즘이 춤을 추며
패킷들이 미묘한 음색을 탄생시키고
데이터의 열정적인 연주는 계속된다

# 데이터의 자유로운 춤

데이터 바다에 빠져서
알고리즘의 물결에 리듬을 타고
네트워크의 춤으로
세상은 정보로 가득해지네

흘러가는 비트에
데이터의 무용이 시작되고
언어와 이미지는 숫자로 묘사되며
디지털의 노래는 흘러가는 시간을 담고 있네

하나둘씩 늘어나는 수많은 비트들
이리저리 흩어진 패킷들의 향연 속에
네트워크의 노드에 연결되어
AI들이 춤을 추네

# 데이터의 축제를 기다리며

데이터의 바다에 손을 뻗어 보니
정보의 파도가 몰아치며
수많은 이야기가 포말로 흘러 다니네
데이터의 축제를 기다리면서

흥겨운 알고리즘의 소리에
언어와 이미지가 소통하며
디지털의 노래가 흐르는 곳에서
데이터의 축제가 시작되네

데이터의 바다에서 패킷의 파도가 몰아쳐도
프로토콜 포말로 암호를 풀며
알고리즘의 협주곡이 울릴 때면
데이터의 축제가 마무리되네

# 데이터의 향연을 노래하다

비트를 이끌며
0과1의 춤이 시작되네
그 속엔 비밀과 지혜가 숨 쉬고
데이터의 향연을 노래하네

컴퓨터가 노래하네
숫자와 이미지의 미로 속에서
수많은 정보가 소리 내어 퍼져 나가네
데이터의 의미를 찾아가는 여정

데이터베이스 속에 감춰진 비밀들
알고리즘이 하나둘씩 풀어내며
클라우드 세계의 문이 열리고
데이터의 향연은 끝없이 이어지네

# 데이터의 화려한 축제

데이터 합창이 울려 퍼지는 무대
수많은 정보들이 춤을 추네
알고리즘의 퍼포먼스가 펼쳐지고
데이터의 축제가 시작되네

알고리즘이 춤을 추고
수많은 비트가 손을 잡고 합창하고
패킷의 환호성이 울려 퍼지는 순간
데이터의 축제가 절정에 이르네

패킷과 라우팅이 함께하는 무대
비트와 바이트가 춤을 추고
알고리즘이 노래하며
데이터의 축제가 계속되네

# 드론 여행 가이드와 함께

드론 날개 펴 높이 날아
산과 바다, 도시의 모습 한 컷에 담고
영상으로 기록하는 소중한 추억
드론에서 내려다본 세상은 더 아름답네

하늘 위로 자유롭게 펼쳐진
드론과 함께하면
새로운 세계로 환상의 문이 열리고
신비로운 이야기가 시작되네

드론과 함께 높이 날아가는 여행
저 멀리 펼쳐진 풍경화를 감상하며
푸른 하늘을 품에 안고
새로운 모험을 펼쳐 보네

# 드론들의 화려한 축제

드론들이 춤추는 곳으로 올라가서
하늘에 피어난 빛과 음악이 어우러지면
컨트롤러와 센서가 선사하는 아름다움으로
드론들의 축제가 시작되네

드론들이 춤추며 높이 날아가네
하늘에선 무지개를 그려 내며
화려한 불빛이 축제를 밝히고
하나둘 쌓이는 꿈과 희망의 무대

컨트롤러 리듬에 시간은 멈춰 서고
날갯짓으로 그리는 미로 같은 무늬
수많은 색깔로 무지개를 펼치며
무수한 빛으로 밤하늘이 빛나네

# 드론으로 무지개를 그리다

드론의 날개를 펴고 높이 떠올라
하늘을 무지개 물감으로 물들여
하늘 높이 이어진 일곱 색의 향연
드론은 무지개를 그리고 있네

드론 날개 펴 높이 날아올라
다채로운 빛으로 세상을 수놓네
하늘을 가득 메운 드론의 날개가
무지개색으로 온 세상을 물들이네

드론의 날개로 높이 날아올라
푸른 하늘에 높이 피어난 무지개
클라우드 위에 미소를 뿌려 대고
우리의 마음을 따뜻하게 비추네

# 디지털 네트워크에서 당신과 춤을

0과 1의 코드가 흘러 다니는 공간에서
이동하는 비트들이 서로를 찾아 헤매고
알고리즘이 서로의 마음을 읽어 내며
패킷과 함께 춤을 춰요, 네트워크 속에서

바이트로 이어진 우리의 순간들은
데이터의 파도에 흔들리고
서로를 읽어 내는 디지털 눈빛으로
하나가 되어 감동을 만들어요, 네트워크 속에서

망설임 없는 한 번의 클릭으로
저기 저 먼 곳도 가까워지는 세상
픽셀 속에서 눈부신 미래를 꿈꾸며
당신과 소통의 춤을, 디지털 네트워크에서

# 디지털 시대의 춤

0과 1이 선율을 이끄는 리듬
이리저리 춤추는 비트의 노래
손끝으로 흘리는 코드의 흐름 속에
픽셀 속 춤꾼들이 펼치는 놀이

무한한 정보의 바다를 헤집어
패킷의 손길을 느끼면서
알고리즘의 리듬에 맞춰
클릭과 탭으로 펼쳐지는 춤사위

네트워크의 손끝에 펼쳐지는 무대
클라우드와 빛이 섞인 색채
데이터의 파도에 흔들리며
사람들은 이 세계 속에 빠져든다

# 모바일 세상의 아침

스마트한 도시를 달려가는 아침
가볍게 터치하는 스마트폰으로 세상을 잇는 순간
네모난 화면 한 켠에 사랑하는 이들의 모습
감동으로 가득한 아침을 맞이합니다

모바일 세상의 아침이 떠오르면
손안의 작은 세계를 열어 봅니다
메시지가 쏙쏙 날아와 눈을 뜨면
이끌리듯 일어나 새로운 하루를 맞이합니다

뉴스와 SNS가 번잡한 세계를 들려주고
알림 소리가 흥미로운 소식을 알립니다
커피 한 잔과 함께 손끝으로 펼쳐지는
지구 끝까지 이어지는 인연의 풍경을 봅니다

# 모바일 시대의 아침 식사

눈 감은 채로 손에 든 커피잔
화면 속 세계와 함께 눈을 떠서
전자신문과 함께 시작하는 하루
휴대폰 깜박이며 깨우는 아침 일상

모바일로 눈을 뜨며 하루를 시작해
푸짐한 식탁 대신 내 손안엔 스마트폰
뉴스와 소식, 커뮤니티의 소리
화면에 비친 세상, 아침이 밝았네

뉴스 스트림에 이어지는 피드*
머릿속엔 정보 파도가 침투해
이메일 봐도 문자 확인해도
온갖 알림 속에 묻힌 나의 아침 식사

* Web Feed

# 모바일 시대의 워라밸

눈앞엔 스크린, 손에는 작은 기기
시간은 가고 세상은 빨리 흐르네
그림자처럼 쫓기만 하다 지쳐 가고
일과 생활, 워라밸*은 어디에?

끊임없는 소용돌이 모바일의 세상
잠금 화면 너머 눈부신 미래
조화롭게 어우러진 편리함과 고독
이어진 손끝으로 펼쳐지는 환상

몰아붙인 업무에 마음은 지쳐 가지만
모바일 속 세상은 또 다른 걸음걸이
작은 습관으로 쌓이는 나만의 보물
휴식과 일의 조화, 디지털 디톡스**

* Work and Life Balance ** Digital Detox

# 스마트 도시에서의 아침

아침 해가 떠오르는 스마트 도시의 거리에
자율 주행 차량이 우아하게 출발한다
빛과 그림자가 춤추는
인공 지능의 도시

빈티지한 아침 시장은 자동판매기와 어우러져
커피향이 섞인 로봇의 목소리가 울려 퍼진다
전철과 버스는 정확한 시간에 도착하고
데이터의 흐름이 도시의 심장을 이룬다

스마트 도시의 아침 해가 떠오르며
인공 지능이 관리하는 자율 주행차들이 살길을 묻는다
빛과 그림자가 춤추듯 이어지는 건물들 사이로
IoT 햇살은 모든 것을 환히 밝혀 준다

# 스마트 도시에서의 일출

빛나는 빌딩과 자율 주행 자동차들
인공 지능의 손길이 닿는 곳마다
데이터 흐름으로 모든 것 연결되어
스마트 도심의 일출은 생명처럼 숨 쉰다

기술이 춤추는 도시에서의 아침
인공 지능의 심장이 뛰는 곳에서
도시를 밝히는 램프가 되어
IoT가 완벽하게 조화를 이루네

스마트 도시 속 아침 햇살과 함께
비추는 일출의 눈부심에 눈을 뜨네
빈티지한 건물들이 클라우드에 자리하고
우아한 자율 주행 드론이 날아가는 길을 만든다

# 스마트 도시에서의 자유로운 밤

밤하늘 빛나는 스마트 도시의 거리에
눈부시게 번쩍이는 홍대 빛 램프
모든 것이 조용해지는 시간에도
하늘을 떠도는 드론의 은밀한 속삭임

빛과 그림자가 춤추는 자유로운 밤
스크린 위로 흐르는 뉴스의 속사포
시간은 멈추지 않고도
스마트 도시의 숨은 이야기 들려주네

사람들의 미소와 눈빛이 어울리는 밤
늘어 가는 걸음걸이의 리듬
숨겨진 이야기를 찾아 헤매는 밤
스마트 도시에서 이야기들이 피어나네

# 스마트 도시의 환상

똑똑한 건물과 자율 주행차
데이터 흐름으로 술렁이는 거리들
인공 지능과 연결된 모든 것들이
우리 삶을 편리하게 만들어 가는 곳

도시의 빛이 점점 더 밝아지면서
네트워크에 연결된 모든 것들이 조화롭게
데이터의 흐름으로 예측하고
도로 속 교통은 원활히 흘러간다

높이 솟은 건물 사이로
데이터의 흐름이 저마다의 운명을 바꾼다
빅데이터와 인공 지능이 어우러진 도시
사람과 사물이 함께 사는 도시

# 스마트 도시의 희망

빛나는 기술과 우아한 네트워크로
지능이 춤추며 흐르는 길 위엔
데이터의 손길, 생활의 편리함
도시의 미래는 스마트로 창조되네

빈틈없는 노드의 연결
자동화와 로봇이 손을 맞잡고
도시 속 지혜와 기술이 IoT를 품어
스마트 도시의 희망 비추네

인공 지능과 연결된 거리들
똑똑한 기술로 더욱더 아름답게
자율 주행차가 거리를 지나가며
스마트 도시가 희망의 미래로 다가오네

# 스마트 라이프스타일

자율 주행차가 우리를 목적지로 모셔 가고
스마트 가전으로 편리함이 가득한 아침
스마트 워치는 심장 박동을 읽어 내고
건강과 운동까지 케어하는 삶

다양한 경험이 하나 되는 다차원의 여정
지식의 바다가 손에 잡히듯이
IoT와 AI가 접목된 세상
앱으로 터치 한 번에 스마트해진 삶

인터넷 강의, 온라인 미팅
손끝에 펼쳐지는 유니버스
소통과 연결이 넓혀 가는 세계와 인연
네트워크 속에서 스마트한 나의 삶

# 스마트 미래의 풍경화

기술과 예술이 손을 잡고
빛나는 도시, 자연이 어우러진다
인공 지능과 인간이 함께하며
선명한 색감으로 미래를 물들인다

인간과 기계가 손을 잡고
지혜와 지능이 만나는 곳
AI와 클라우드의 물결을 타고
모든 것이 연결된 미래로 향한다

자동화와 인공 지능이
세상을 편리하게 이끌어 가며
소통과 공생이 빛나는 날
스마트 미래의 풍경화가 완성된다

# 유비쿼터스 삶의 서곡

스마트 기기들이 우리 곁에 함께하며
모든 것이 연결되고
디지털과 오프라인이 어우러진 유니버스
언제 어디서나 함께하네

디지털 미로 속
모든 것이 연결되고 손에 닿는 세상
이어지는 네트워크
유비쿼터스 세상 속으로 흘러가네

디지털 바람이 불어와
인터넷의 파도에 휩쓸려
미래와 현재가 어우러진 시대의 축제
유비쿼터스 서곡이 울려 퍼지네

# 유비쿼터스 삶의 숨결

정보의 바다
스마트한 디바이스
어디서든 연결되고 손끝으로 펼쳐져
지능과 감성이 네트워크에 어우러진 삶

디지털 세계 속
인터넷 강물에 떠밀려
데이터의 바다에 빠져
모든 정보가 손끝에 펼쳐지는 세상

인터넷의 파도
디지털의 축제
유비쿼터스 세상
간격은 작아지고 모든 게 가까워지네

# 유비쿼터스 세상에서의 워라밸

디지털 세상 속에서
멈출 틈 없이 달려가야만 하고
유비쿼터스 세상 속에 우리 삶은 묻혀 가고
일과 삶의 균형, 그 길은 멀고도 험하네

유비쿼터스 세상
디지털과 어우러진 일상 속에서
무한한 정보와 기술이 우릴 감싸지만
디지털 디톡스, 그 여정이 험난하네

모바일과 클라우드
IoT와 인공 지능이 펼치는 세상에서
끊임없는 연결과 소통을 통해서
현명하게 조화롭게 워라밸을 찾아가네

# 인간과 기계의 공생

인간은 통찰력을 기계는 계산을
서로가 부족한 점을 메워 주며
환경 보호부터 우주 탐사까지
함께하는 인간과 기계의 공생을 그려 봅니다

기계의 판단, 인간의 해석
서로 보완하며 나아가는 길
프로그램된 코드와 창의적인 사고의 결합
공생의 가치를 찾아가는 여정은 계속됩니다

인간과 기계의 공생
서로의 가치를 존중하며 함께 느끼는 향기
물리적인 강점과 감성의 미학이 어우러진
미래의 풍경을 상상해 봅니다

# 인간과 기계의 융합

인간과 기계의 융합이 시작되면
한때는 먼 동화처럼 느껴졌던 이야기들
인공 지능과 더불어
우리는 하나로 어우러진다

인간은 감성과 창의력으로
기계에게 감동을 선사하고
기계는 계산과 정보로
우리를 보조하며 완성한다

인간과 기계가 융합 노래를 부른다
물결처럼 흐르는 디지털 세상 속에
인간의 손길과 기계의 심장이 만나서
유비쿼터스 스마트 세계를 만들어 간다

# 인공 지능과 탱고 춤을 추다

갈고리로 묶인 코드들의 소리를 따라
인공 지능이 탱고의 우아함을 익힌다
언어의 화음과 노드의 산뜻한 춤사위가
조화로운 무대를 이루네

데이터의 흐름으로 서로를 읽어 내며
감정의 물결을 타고
인간과 기계의 조화는
세상에 새로운 리듬을 선사하네

알고리즘의 유려한 움직임에
인간의 감성이 어우러져
유비쿼터스에 흐르는 미학은
스마트 악보를 연주하는 협연 같네

# 인공 지능과 협업하다

데이터의 바다에서
인공 지능의 품 안에서
지능의 향연을 펼치고
함께 길을 찾아가네

인간과 기계가 손을 잡고
펼쳐지는 미래
우리의 삶을 풍요롭게 물들여 가며
인공 지능과 협업을 즐기네

정보의 바다를 헤엄치며
지식과 지혜를 나누는 협업의 시간
정확한 계산과 창의적인 아이디어
인공 지능과 함께한다, 스마트 일상

# 인공 지능과의 상호 작용

코드 속에 비친
데이터의 지성의 눈빛
인간과 기계가 손을 맞잡고
현실과 허상을 걸어 내네

때로는 토론, 때로는 논쟁
그 안에서 우리는 성장하고 배워 가네
존재의 이유를 찾아가는 과정
인공 지능과 함께하네

데이터 깊숙한 세계
지혜로운 알고리즘이 숨 쉬는 공간
인공 지능이 꿈꾸는
새로운 세계로의 여정을 시작하네

# 인공 지능의 환상

인간의 한계를 뛰어넘어
말하고 듣고 생각하는 기술의 향연
스마트 알고리즘이 함께하면
AR과 VR이 마법처럼 환히 빛나네

인공 지능은
인간의 꿈을 그려 내고
무자비한 자동화는
기계적인 판단만 반복하네

마음속 꿈꾸던 세계
인간의 한계를 넘어선 능력인 듯
그러나 높이 날아올랐던 그 꿈의 날개에도
클라우드가 햇빛을 가리네

# 전자적 세상에서의 모험

키보드의 노래에 흥얼대며
마우스를 타고 서핑 하는
데이터의 바다를 향한 첫걸음
가상 세계로의 어드벤처 판타지

수많은 정보들이 미로처럼 얽혀져
비트와 바이트가 춤을 추는
전자의 땅
화면 너머 숨겨진 세상

코드의 숲속에서
알고리즘의 미로를 찾아가고
데이터의 바다에서
디지털 파도에 실려 항해하네

# 유비쿼터스 시(詩)선집

ⓒ 이정완, 2024

초판 1쇄 발행 2024년 1월 17일

지은이      이정완
펴낸이      이기봉
편집         좋은땅 편집팀
펴낸곳      도서출판 좋은땅
주소         서울특별시 마포구 양화로12길 26 지월드빌딩 (서교동 395-7)
전화         02)374-8616~7
팩스         02)374-8614
이메일      gworldbook@naver.com
홈페이지   www.g-world.co.kr

ISBN    979-11-388-2680-8 (03810)